KB096810

바람 우표 서신

바람 우표 서신

김윤미 시집

우리글

머리말

되돌아보니,

크기도 방향도 제각각인 발자국들뿐이다.

해변에 오래 서서 파도를 기다렸다.

한 편 한 편 발자국을 지우는 파도가 오고 갔다.

이제 지난 발자국은 바다의 것이니

다시 걸어야겠다.

2018년 가을

김윤미

차례

I

해발 880

능선을 휘돌던 구름
잠시 지붕에 머무는 동안
얼기설기 마음을 추슬러
처마 밑에 쪼그리고 앉아있던 시간
네가 바라본 그 곳은
어느 즈음인지
내가 바라본 그 곳은 또
어느 즈음인지

너의 사랑은 내 뒤에 있고
나의 사랑은 네 앞에서 마중하던
넌 나의 발등을
난 너의 눈 속을 유영하던
모든 형체가 어눌해지는 개와 늑대의 시간

함께 걸어가던 하나의 길이
두 갈래, 세 갈래, 아니 수십 갈래로 갈라져
길을 헤매던 때
네가 내게 머물던
하늘도 잠시 붉게 고열을 앓던
그토록 찰나

몽골 고비에서

모래언덕에서 당신에게 편지를 씁니다 왜 이토록 먼 길을 왔는지 모르겠습니다

없는 길과 난달을 반복하며 고비를 향해 나아갑니다 그리고 당신이어야 하는 이유를 곱씹고 또 곱씹어봅니다

나누었던 체온과 가까운 곳에서 주고받던 이야기들이 덜컹거리는 차의 요동에 맞춰 몸속으로 흘러듭니다 고비는 물이 흐르고 푸른 풀과 고운 꽃이 피어있는 그 너머에 있습니다 돌이켜보니 삶의 고비 또한 찬란한 한 때 그 너머에 매복되어 있었던 듯합니다

해가 이제 온 힘을 다해 고비로 스며듭니다 바람이 만든 모래 파도는 연약하지만 단단합니다 해가 정성스레 품고 있던 고비는 서늘하지만 따뜻합니다 이토록 아름다운 고비라면 몇 번이고 빈 마음을 다 내어줄 수 있을 것 같습니다 돌아가기 위해 떠났던 이 먼 길 위에서 당신의 손을 놓친 건 아니겠지요

해가 물들인 고비에 별들이 이불을 덮기 시작할 때 잠시 반짝이며 눈물이 흐릅니다 이 눈물이 멀어질 듯한 예감이

아니라 그리움의 목도이기를……

　이런, 너무 먼 곳에서 마주하고 말았습니다.

취생몽사

– 영화 '동사서독'

기억은 얼마만큼이나 자발적인 것인지
사랑한다는 말을 듣지 못한
긴 기다림
사랑한다는 말을 하지 못한
긴 그리움

그 기억의 새장 속에 갇혀 사는 사람들
기억의 편린을 아름답게 각색한 것이 추억이라면
추억 없이 기억 속에 갇혀있는 사람이
자유로울 수 있는 방법은
새장을 떠나는 일일까

잊으려 노력할수록
더 선명하게 기억나는데

암시

도망친 자리가
금기의 자리가 되었다
어긋난 시선
식어버린 체온

간절함이 아닌 두려움으로
흔들리는 동공
홀로인 듯 잠의 나락으로 떨어질 때
목에 걸린 생선가시 삼키듯
고인 말들 몸속으로 밀어 넣고
너에게로 가는 긴 여행길에서
주저앉아버린 그때

발바닥 밑에서
어설프게 다져진 흙을 밀어 올리며
여린 잎 일렁이기 시작한다

울음소리 이제
벽을 뚫지 못하고
그렇게 온다, 이별은

빗소리

물방울 땅에 닿아
부서진다

몇 발자국 나아가기도 전에
봉인해버리고 싶어질 만큼
바람 매서운 시간

깍지 낀 손과 손
스치는 살갗 더욱 아리던
웃음은 때때로 흐느낌
이내 긴 침묵

빗방울처럼 요란스레 부딪혔더라면
우리는 함께 할 수 있었을까

부재중

사랑한 기억은 있는데
이별한 기억 없다
이별한 기억 없으니
아직 사랑하고 있는 건지
그저 이별이 달아난 것인지

미련은 꼬리를 길게 드리우고 밤마다
네가 있던 자리를 더듬거리며 헤매고 있는데
빈자리에 남아있는 체취가
너의 것인지
나의 것인지

눈동자에 감춰져 있던 비겁한 두려움
시시한 이별
꼭꼭 숨어라
머리카락 보일라

이후以後

왜 끝끝내 기대어 피고 싶은
능소화 피어나는 계절이어야 했는지요

바람도 햇살에 가려
숨죽이고 있는 한여름
담쟁이 넝쿨에 가려진 담벼락
입구를 알 수 없는 대문
굳어버린 말들
감겨버린 눈
잃어버린 웃음소리
피기도 전에 져버린 시간

지금 그대는
어디 기대어 피어나고 있습니까

철 지난

바다는 늘 그 자리에 있는데
사람이 오는 계절
꽃이 지나가는 계절

네가 내게 왔던 계절
꽃 기억 아득하고
빈 가지 서늘했던
철 지난 바다

계절을 잊은 백일홍 피고
자귀꽃 밤마다 포개어져 잠들고
찔레꽃 향기 아찔한데

호시절 지나가고
붉은 얼굴 백일홍 쳐다보다
사람이 몰려드는 여름 바다
모래사장 수많은 인파 속에서
너를 찾다가

다시
바다는 철이 지났다

커튼콜

공연은 무난하게 시작되었다
주인공은 적당히 뜨거웠으며
적당한 거리에서 적당한 대사를 읊조리고
동선을 잃으면 다른 한 사람이
자연스레 극을 이어가기도 했다

아무런 문제가 없었다

공연이 계속되며
적당히 뜨겁던 온도는 미지근해지고
적당한 거리는 시시해졌으며
적당한 대사는 적당한 침묵으로 대체되었다

주인공이 관객석으로 내려왔다
주인공이 사라진 무대
영사기도 없는데 공연은 반복되고
지난한 결말에 막조차 내리지 못했다

한 사람이 사라지자 무대는 막을 내렸다

공연장은 새로운 공연을 준비하고
텅 빈 관객석에 앉아 있던 한 사람
하염없이 커튼콜 기다린다

길

바람이 걸어가는 길
눈치 챌 수 있었다면
무엇이든 했을 텐데

예측할 수 없어 흥미진진하던 호기도
시간의 물살에 꺾기고 꺾여
선택에 의해 요변을 거듭하고 나니
발걸음마다 멈칫거린다

삶의 이정표가
너와 나로 견고해지길 원했지만
때때로 있던 길 사라지고
없는 길 나타나고

그럼에도 불구하고
한 걸음 또 내딛는다
반듯한 아스팔트이거나
막다른 길이거나

열정인지 객기인지

유랑의 끈적끈적한 피가 흐르는지
오늘도
길 위의 길

다현茶灦

끊어지지 않은 탯줄
나오는 걸음걸음에 놓아두어
멀어지면 멀어질수록
창자가 끊어지듯 아파

'사랑해'
'다 아니까 말 안 해도 돼'
'그래 미안해'
'……'

외줄 위에서 곡예 하듯
삶은 여전히 위태롭다

심심한 삶을 견뎌가는 나이가 된 중년 남자와
너무 일찍 그리움을 품은 아이

툭,

외줄이 끊어지듯 허물어진 둥지
깎아진 몸 한 쪽에 우물이 생겼다
고요한.

II

화분

당신이라는 집을 꿈꾸었다
추월산 법고 소리 증인으로 삼고
집 한 채를 잉태하던
이슬아침

업연이 쌓이는 줄 모르고
한 뼘 창으로 들어오는 날빛
몸에 스미는 감로인 듯

감히 당신이라는 집을 꿈꾸었다
열 달 집이 되고
열두 달 밥이 되어
너의 물이 되길, 빛이 되길, 두엄이 되길
내 안에서 아름드리나무가 되기를

화분을 선물로 받은 날
두 손으로 안아든 여린 뿌리
낡은 기억 스며들어
끊어지지 않는 탯줄로 휘감는다

스스로 푸르러지길 바라며
마당에 화분 옮겨 심는다

다시 태어나는 시간

몸에 쌓인 그 많은 시간들은
어디로 향하는 걸까
사람의 몸에도 계절이 머무는 걸까
겨울을 목전에 둔 나무처럼
앙상해져가는 아버지

떨어지는 잎처럼 사라지는
마지막 시간
적멸로 위장한 긴 침묵의 계절

찬란하게 피어 날
다음 삶을 준비하는 아픈 계절이
겨울이라면
누군가의 기억 속에서 다시
태어나길 기원하며
수십 년 시간의 주춧돌 위에
쌓아올려진 기억의 집으로
온전한 주인이 되어 들어서는 날

다시 계절이 흘러

잘 있다고
잊지 않았노라고
벅찬 안부와 같은 새로운 계절이 오면
기억의 집에도 햇살 스며들어
불쑥 문 열리고
바람 따라 소리 없는 음성 귓가에 맴돌까

계절이 돌고 돌아
나 또한 누군가의 기억 속에
집을 짓는 동안

사이렌siren

바다에 살며
노래로 선원들을 유혹해 위험에 빠뜨렸다는
그리스 신화 속 여자, 사이렌
아름답지만 위험한 그녀가 보내는 신호
하루에도 수십 번 응급차가 울어댄다

그 소리가
병상에 계신 아버지는
'아파, 아파'라고 소리치는 것 같다는데

조실부모해 산전수전 다 겪고
힘겹게 만든 가족이라는 울타리
튼튼한 집, 따뜻한 집을 짓기 위해
일분일초 허투루 보낸 적 없는 아버지

커다란 병실 창문도
때맞춰 나오는 식사도
비싼 병원비에 다 들어 있다며
이곳이 스카이라운지라 하시더니

누워 있는 창 너머에서
사이렌 또 울린다
생에 딱 한번 요란하게 홀린 아버지
미동도 않고 거친 숨 몰아쉬고 있다

죽도록

1.

살아서 '죽도록!'이라고
밤이면 불씨 삼키듯 약을 삼키고
죽도록 타오르다 죽음처럼 잠들겠다며
죽도록 아픈 게 죽도록 싫어서
동아줄 부여잡고 스스로 처형하듯
약을 삼킨다

광복천 옆 오동나무
보랏빛 꽃에 물색없이 홀려
받아주는 이도 없는 인사
환한 낮빛으로 하늘에게 전한다

'죽도록'은 아직 살아있다는 고백

2.

한 번도 아프다 말한 적 없는 아버지
예고 없이 찾아든 불청객에게
몸 다 내어주고 죽도록 아프다가
눈조차 감지 못한 채
신음 섞인 숨결 조용히 멈춘 날

울음조차 목울대를 넘지 못하고
아랫니 윗니 짓이기듯 물어
'죽도록'을 영원히 봉인한다

잊어야 살 수 있는
잊어버리고 싶은 조각나버린 시간
수면 위로 첨벙 뛰어올랐다 사라진다

바람 우표 서신

오장육부 바람 들지 않은 곳 없어
바다를 건넜지요
거리를 두어야 비로소 보이는 것들
목을 젖히고 바라보던 구름
눈감고 입 맞추던 연인
해질녘 높은 곳에서 내려다본
하나 둘 불이 켜지던 작은 마을

바다 건너 수만 리 달아나면
내가 보이지 않을까요

나약한 꿈을 꾸었습니다
미처 알지 못했습니다
가까이 마주해야 예쁜 것들
적당한 거리를 두고 바라봐야 영원한 것들

허공에 안부를 묻는 날들이 늘어납니다
삶의 중력을 버티고 있는 동안에는
잡히지 않는 바람 한 줌처럼
돌아올 대답 또한 먹먹하겠지요

예감만 당도할 뿐 보이지 않으니
오늘도 구름에게 바람 우표 붙여 안부 전합니다
'잘 지내고 있나요?'

멈춰진 시계는 다시

아버지 마지막 숨결
어디 남아있으려나

아버지의 심장이었던 어머니
아버지 남겨주신 빈 땅에 주저앉아
밥 짓던 손으로
모종을 심고 풀을 뽑는다

멈춰버린 어머니의 시계
고구마가 배추가 파가 고추가
바늘이 되었다

함께 할 날이 이리 짧을 줄 몰랐던 후회와
바가지 한 번 시원하게 긁지 못했던 원망과
좋은 세상 홀로 숨 쉬고 있음을 자책하며
잡초 무심하게 뽑아내신다

안개가 잠시 머물다간 자리
빗방울 후드득 떨어져
땅을 깨운다

현재진행형

손끝에서 느껴지는
체온

물 위에 어린
산 그림자처럼 흔들리는 시간

상스럽게 짜릿하게
과도하게 예민하게

대책 없이 상처받고
아무 일 없다는 듯 또
행복을 갈구하며
답습, 또 답습

여전히

가을 오름

억새는 바람에 자유로운데
오래전 작은 창문 너머로 보았던
별 몇몇
숨죽여 듣던 개구리 울음소리 아득해
이유 없이 터져 나오는 울음

길을 나선 바람에
몸살 날 듯 휘청거리는 억새
흔들려서 아름답네

물결치는 누군가 어깨 다독이네
그때는 몰랐던
지금은 크나큰
오늘 하루치의 위안

천국에서의 한 때

느린 걸음으로 흘러가는 구름 무색하게
바람 휘몰아친다

가는 길 알고 있는 걸까
떠밀리고 떠밀리며
스스로 떠돌다가
'나 살아 있소'
'나 살아 있소'

심장이 터질 듯 온 몸을 울린다
구름이 치맛자락처럼 둘려질 무렵
시야에 들어온 백록담

긴 침묵
짧은 입맞춤
바람 따라 흔들리는 눈빛
그대 것일 수 있는
그대 것이 되지 못했던
마음에 각인된 풍경

천국에서의 한 때

다시, 詩

축전된 추회에 대한 자기 위로
미립을 무디게 하고
환난을 외면하려는 몸부림

느린 날갯짓으로 허공을 지나가는
새 한 마리 관망하듯
잠시 걷힌 안개 사이에서 마주친
찰나의 눈빛처럼

아직 영글지 않은
풋사과 한 입
베어 물지도 못한 채 바닥에 내동댕이치듯

긴 밤과 긴 이야기들과 마주했던
깊은 눈
그럼에도 다 하지 못했던 말들이
푸석 말라버린 화초가
싱싱하던 한 때를 기억하듯이
너 그곳에 아직 있니?

쌓여있는 시간의 갈피 사이사이
챙기지 못한 채 두고 온
작은 꽃잎 조각들

III

열꽃 두드러기

지극히 평화로워
아무 일도 일어나지 않는 일상인데
땀조차 쉬이 내보내지 못하고
화기를 다스리지 못해
잉걸불 같은 열꽃으로 피어납니다

샤워기에서 쏟아지는 따뜻한 물줄기에도
몽글몽글 열꽃 피어
지분거리는 애인처럼 간지럽힙니다

몸에도 정념이 오가는 요요한 창이 생겨
온 몸에 훈습된 뜨거웠던 시간이
열꽃으로 피어나는 걸까요

정갈하게 마침표를 찍지 못한 인연들
수취인 불명으로 행려처럼 떠도는 모습을
가만히 바라봅니다

몸의 안과 밖
작은 소란스러움에도 피어나는 열꽃을
애인이라 불렀던 이름에게 건네는
쓸쓸한 화답이라 해도 괜찮겠습니까

우두커니

- 몽골 게르에서

이토록 작은 존재였다니
손바닥만 한 지도에 점 하나 찍지 못하겠구나

지도는 있었지만 길이 보이지 않았다
길이 사라지고 다시 나타나고
헤매는 사이 바람이 풀이 꽃이 모래가 땅이 달라지고
덜컹이는 차 속에서 몸은
검불처럼 툭툭 떨어져 나가고
바람 깃든 창백한 눈동자 앞에 불쑥 나타난
잠시 숨을 자리

몸을 낮추고 들어서니 창은 보이지 않고
이곳이 끝을 알 수 없는 초원인지
고비인지

다를 것 같은 바람소리
다른 것 같은 빗소리만 귓속으로 파고들고
없는 창 대신 알록달록한 나무문을 활짝 열어두고
40도가 넘는 보드카를 꿀떡 꿀떡 삼키며
문 크기만 한 풍경을 바라본다

시선 너머의 풍경을 얼마만큼 짐작하며 살아온 걸까
보이는 만큼의 모습을 각인시키지 않고
그 너머의 모습을 믿었다면
떠나지 않아도 되었을까
왜 굳이 떠나와서 확인하려 했을까
부질없는 질문들 보드카에 담아 삼키니
뜨겁게 달아오르는 몸 쿵덕쿵덕 뛰는 심장

아직 가보지 못한 길들과
지나온 발자국들 부산스레 달라붙어
저마다 떠들어댄다

모놀로그

여행자로 태어나지 못해
배낭 대신 집을 이고 다닌 한 시절
삶이 붕괴되지 않은 이유는
간절한 열정의 답습

그 누구의 연작도 가만히 들여다본 적 없었다

깨닫는 순간 탁,
기억의 먼지들 허공으로 흩어지고
봉인된 시간은 마침표를 찍지 못해 외면했던
착란의 시절

춘분을 서둘러 보내고
소설 어디쯤에서 머물다 사라진 우리의 절기는
그 누구도 사실이었음을 증명해주지 않아
오류의 범주조차 가늠할 수 없는 미약한 추억

그 누구도 나의 기저에 닿은 적 없다

그럼에도 불구하고

가슴 한 귀퉁이 모른 척하며
수소문의 기별도 전하지 않는
너의 꼿꼿한 정신력에
한치 앞도 보이지 않는 혼탁한 세상
손끝의 목마름 감추지 못하는
너의 집요한 의지에
여전히 채운을 타고 짧은 여행을 떠나는
너의 사랑스런 의식을 위해
오늘도

내 안의 바다

몸 속 염전
증발되지 못한 뜨거운 기억
시시각각 눈물점으로 차오르고

추억으로 결정結晶되지 못한 한 때는
그리움의 언저리를 흘러가
바다에 닿고 마네

고요를 잊어버린 짜디짠 그리움
파랑 멎지 않고
포말 일으키네

아가미가 없는 나는
해조음에 귀 기울이며
자맥질을 멈출 수가 없네

해서
나의 처방전은 바다

그럼에도 불구하고

희뿌연 가로등 밑을 지나며
뚜벅 뚜벅 느린 보폭으로 다가오는
반가운 이를 상상하다
무심코 밟아버린 동백꽃

활짝 피었던 기억의 꽃망울
증폭되는 그리움
그 갈망과 고통

청춘이 아니어도 그럼에도 불구하고
한때는 활짝 피었으므로
또렷이 남아있는 기억들

통증의 습관

하나의 통증이 지나가고 나면
다른 통증이 파고든다
계절과 계절 사이
몸을 달구고 빠져나가는 감기 같은

상투적인 통증이라고 했다
기억은 또 다른 기억으로 연명하고
체념은 기억의 굳은살이 아니므로
그저 살아서 아픈 거라고 했다

영혼의 풍경이 너무 닮아
이번 생은 함께 하지 말자던 당신
살아서 담기는 곳은 현실이므로
같은 현실에 갇히기보다
갖지 못하는 고통을 선택했던
당신의 체념諦念을 체념體念하던 긴 밤

한 시절의 통증은
또 다른 시절의 통증으로 이월되고
안타까운 당부처럼

날개가 없는 나는 자유롭지 않다

태풍이 지나가던 성난 밤
숲의 비명을 듣는다
통증의 소리는 왜
귀가 아닌 가슴으로 파고드는 건지

도돌이표를 찍을 수 없으니
상투적인 통증은 습관처럼 무심해질 수 없고
살아있기에 아픈 거라며
그래서 체념한 당신은 이제
슴슴하니 견딜 만한지

최면

내일로 가는 길목에
매복된 두려움
지난 시간 후회와 상처
머뭇거림이 만든 잔재
그리우면 그리워하고
아프면 아픈 대로
내버려둘 것
기억을 잃은 듯 치열하게
활짝 핀 그날만 기억할 것

귀향

멈춰버린 시계처럼
마음이 몸을 떠났다

작은 신발 속에서 길게 자란 발톱
제 살 찢는 줄도 모르고
긴 시간을 걸었다
붉은 피
벗은 발을 물들였다

아플 줄 모르고 너에게로 향한 발걸음
마음을 붉게 물들이고 있는 걸까

신발 가지런히 벗어놓듯
잠시 마음을 벗어놓는다
다시 향할 곳을 찾을 때까지

꿈, 혹은

폭풍우가 몰아쳤다
그루잠과 그루잠 사이
성난 빗소리 이불 속으로 파고들어
몸을 뒤척였다

식은 숭늉 같은
법령집 같은 나날
눈길도 몸짓도 목소리도 모두
사라지는 순간

의식의 무중력 상태에서 불쑥
마주하는 그림자를 끌어안고
빛이 까무룩 소멸된 시간 속에서 마주한
착한 가축의 눈빛을 닮은 시선

목구멍을 차오르지 못하는 말
식도를 막고
핏기어린 눈빛으로 외친다
"제발, 한 걸음만 내게로 와줘"
메아리 없는 외침

다시, 요란하게
세상이 끝날 듯 비는 쏟아지고
체온이 없는 이불 속
처연한 공포가 공기를 채운다.

마음 몸살

소리 지르면 사라질까
소화시킬 겨를 없이 삼켜버린 시간들
끝내 탈이 나고 말았다

추억이 될 때까지
천천히 씹고 삼켜야 하는 건데
잘라내지 못한 기억 갉아먹으며
욕심을 부리는 사이

— 마음이 아파요
　 마음이 달아나고 있어요

그리움으로 연명하며
뜨겁게 독기 품은 시간의 칼날
한여름 햇빛 조각으로 부서져 나가고
깊은 잠에 빠져들 때
잠시 스쳤다 사라진다
끝내 나를 붙잡고 있던 눈빛

몇 날 며칠 토해내듯 목 놓아 울어야
당신을 보낼 수 있을까

숙제

안락함과 모험
안주와 도전
게으름과 열정
사랑과 의무
설렘과 권태

작은 몸짓에도 휘청이는
외줄 일상
그 줄 위에서 노는
젊은 사당패

목발

너무 많은 별들이 떠 있어
나의 별을 잃어버린 몽골 초원

절뚝이며 걸어간 길
너는 잠시 목발이 되어주었다

함께 걸어주던
햇빛 스며든 바람
부드러운 모래알
무심히 피어있는 작은 들꽃

길은 끝없이 이어지고
길 위에 드리우던
시간을 가늠할 수 없는
화석 같은 구름 그림자

그 어디선가 목발을 잃었다

단단한 한 쪽 다리의 기억도 사라져
비로소 온전히 걸을 수 있었다

살다

겨울 산으로 가서
빈 가지 이름을 하나씩
불러보는 것

지나간 푸름
사라져버린 잎들
꽃의 기억을 다시
뿌리 깊은 곳에 묻어두는 것

제 살 찢어
싹 하나 틔우는 것
또 기억을 만드는 것

휴일 오후

햇살 자박자박 방으로 걸어 들어온다
텔레비전 안의 사람들 재잘거리며
빈 방을 휘돌고

할 일을 마친 청소기
여전히 바쁜 세탁기
오늘은 너무 평화로워
묵은 것들 다 비워내도
아프지 않을 것 같은 휴일

넣기만 했을 뿐
오래도록 비우지 않은 가방에서
낡은 메모지 뚝! 떨어진다
토사물 같은 취중의 말들
바닥과 허공으로 널뛰던 이야기들
흔들리던 볼펜 끝의 기억
담아두기만 했던
핏줄 드러나는 말, 말, 말들
하나 둘 후드득 떨어진다

이제는 그저 빛바랜 종이를 닮은
스쳐간 인연들 사이사이
구겨져 있던 것들을 펼쳐 들어본다
실핏줄 촘촘히 박혀 시리기만 한 민낯
낡은 메모들 쓰레기통에 버리고
수많은 말들이 떠돌며 지나갈 여정을 가늠해본다

고인 둠벙 같은 나날
흩어져버린 발자국들이 지그시
심장을 밟고 지나가는
휴일 오후

VI

달팽이

거센 비바람 지나간 자리
하늘은 언제 그토록 심술궂었는지
시치미 뚝!
비가 다녀갔다는 것을
젖은 아스팔트만 짐작하게 하고
강제 고립되었던 집을 벗어나
하늘 바라보러 걸어가는 길

간절하게 지킬 것이 있다면
그 열정에 이유가 있다면
등에 진 짐이 무거운 것조차 잠시 잊었다면
삶은 붕괴되지 않을까

연약하지만
연약해서 더욱 절절한 발걸음
달팽이 힘겹게 길을 건넌다

당신을 읽는 시간

어둠이 갉아먹은 손톱달 아래
당신을 읽는다
당신이 내 곁에 없는 동안
내가 당신을 읽는 방법은
짐작되는 일상의 고단함을
시간의 바늘로 정성껏 깁는 일

달이 내어준 어둠의 한 켠
날카로운 별의 구멍이 뚫리고
더듬더듬 까막눈으로
전해지지 않는 복안을 읊조린다

고단한 당신의 실루엣을 읽어가다가
문득 닿은 굳은살 박인 발등
신발을 신고 있었더라면 영영 알 길 없는
긴 시간동안 내게로 걸어온 궤적

이곳이
당신이 신발을 벗어두는 자리가 되기를
우리의 계절에도 새 살 돋아나

꽃 한 송이 뜨겁게 피울 수 있게 되기를

소서 어느 즈음 헤매고 있는
우리의 절기를 적당한 거리를 두고
한 땀 한 땀 깁는다

이명

예고 없이 일방적인 통보를 하듯
밤마다 이명이 비명이 되어
귀가 아프다

내 곁에 한 번도 머문 적 없으나
내 곁을 한 번도 떠난 적 없는 당신

이승에 머무는 시간
가장 마지막까지 남아 있는 감각이 귀라는데

당신의 통곡이 이명이 되어
흩어지고 있다면 이제
당신은 영영 내 곁을 떠나는 걸까

처서

요란하게 울리는 재난경보처럼
새벽까지 매미 운다
여적 짝을 못 만난 건지
짧은 생이 억울한 건지
날카롭게 귀를 긁는다

뭉텅 주어진 잉여의 시간
깊은 잠 속으로 도망치려는 그 순간마저
다급해진 비명소리 창을 흔들어댄다

때때로 간절함은 절기도 멈추게 하는지

거마비도 없이 돌아가야 하는 시간
처서에 울리는 폭염주의보

좀 더 울어도 되는 것인지

뒤늦은

비온 뒤 무지개처럼
곧 사라질 시간

평온함이 익숙지 않다
행복함이 익숙지 않다
따뜻함이 익숙지 않다

뒤에서 바글바글 떠드는 놈들 뒤로 하고
날 선 칼날 손에 꼭 쥐고
발등에 정박된 시선

귓속 가득히 담아둔 밀어
세포를 깨우던 찰나의 손길
고요함으로 위장한 호수처럼
일상을 견디다 불현듯
격하게 일렁이는 순간

또
연착된 기억

하루의 끝

아무런 배려 없이
나를 바라보기

은근슬쩍 눈 가리고
아옹다옹 하지 말기

절벽 끝에 서기 전에
먼저 달아나지 말기

외로움과 절망으로 토닥이며
고개 돌리지 않기

선택에 의해 새겨진
생의 나이테

되뇌이고 되뇌이며
땀 흘리거나 혹은 달아나거나

동백

이명에 시달리다
허공을 향해 외친다

마음의 아랫목 내어주던
지난 애기 주워 담는다

시린 달빛 따라가다
잃어버린 별빛
눈멀어 놓쳐버린
붉은 진언

봄날 나섰던 길 겨울에 돌아오며
핏빛 멍든 푸른 이야기
굳은살 되어 툭,
떨어진다

꿩 한 마리

힘차게 날갯짓 하더니
그만
꽝!

번득이는 유리창 이기지 못하고
날개 파득거리더니
이내 남아있던 시간 사방으로 흩어진다

푸른 숲 편히 쉴 곳 없었을까
하루를 또 견뎌내는 일이
풀 수 없는 숙제처럼 버거워
그토록 견디기 어려웠던 걸까

어쩌면 시시절절한
생의 마지막 선택권

안부

참새 한 마리
드센 바람에 삐끗
바람 입김 한 번 불자
다시 제자리

담장 위 참새는
쉬지 않고 짹짹

함께 할 수 없는 슬픈 원망
애처로운 날갯짓

태풍 지나가고
꿋꿋하게 열매 놓치지 않은 귤나무
명지바람이 위로하는데

작은 새 안부에
벌에 쏘인 듯
마음 따끔거리고

다가갈 수 없었던

다가오지 못했던 네 눈빛
종일 절뚝거리며
내게로 걸어온다

소리 없는 시
- 겨울 산중에서

하늘에 전깃줄 한 가닥이 만든
내 것도 네 것도 아닌 경계
저 곳에 올라가 줄이라도 타면
허한 마음 달래지려나

새 한 마리 여린 날갯짓에 전깃줄 휘청이고
수많은 사람들 재잘거림에
겨울 산 오소소 혼잣말 내려놓는다

침묵 속에서 치열하게
여리디 여린 다음 생을 준비하는 겨울
먼 곳에서 몰고 온 바람에
깊은 적막이 잠시 눈을 뜬다

오늘 눈 내린다

불면

누군가
우는 아이를 달래고 있다

불면의 허상을 끌어안고
대상이 없는 분노와
신경질적인 슬픔이
자박자박
복숭아뼈를 밟고 지나간다
날카로운 송곳으로
칠흑 벽을 뚫어
별이라도 만들까
내 비명은 벽을 뚫지 못하고

누군가
골목을 지나가는 발자국소리
달팽이관을 타고 흘러들어와
휘돌다 간다
결코 울리지 않는 벨소리

해님이 하품한다
그제야 기어이 감기는
눈꺼풀

괜찮다

산 너머 땅 끝까지
호곡성 울려 퍼졌던 시절에도
그 속에 호방한 웃음소리
왜 없었겠는가

단숨에 들이켠 냉수 한 사발
독주 삼킨 듯 취기가 퍼져
소금기 옴 몸에 배어 나왔다 한들
그 속에 발그레한 얼굴 한가득
헤벌쭉 미소 번진 적
왜 없었겠는가

그러니
괜찮다 괜찮아

V.

어떤 평화

웃음은 찰나
고통은 길게

의식하지 못한 사이
울타리 안에서 길들여졌던
낯선 시간, 그 후유증

하나인 줄 알았던 길이
바닥부터 다시 흔들리기 시작했다
흩어지는 모래알들

함께 할 때 고통은
무기력한 자해였으나
혼자일 때 고통은
그저 고독
차라리 평화

4월, 제주

향내 짙은 꽃망울
폭죽으로 터지는 계절

꽃보다 붉은
피눈물 선연해

거친 돌 숭숭 뚫린 구멍마다
바람 대신
낮은 울음 드나들고

잊지 않았노라며
먹먹한 마음 안고
잃어버린 마을 찾아 나선다

눈머는 줄 모르고 바라보는
바다 윤슬
무거운 마음 툭툭 털어주는 바람

헌화인 듯 향화인 듯
온 섬이 제의 올리고 있다

풍경화

죽은 나무 흉흉하게 서 있거나 늦겨울 잠시 비친 햇살에
때 이른 봉오리 피워 올린 성질 급한 꽃이 있거나 들짐승이
파헤쳐 뜯겨진 풀잎에 바람 숭숭 드나들거나 땅딸막한 키
여린 잎부터 여린 잎 우산이 되는 오동나무까지 그 모든 것
이 이루는 산처럼 우리 모습도 그러했으면

등 돌린 모습 마주 서 있는 모습 먼 곳을 응시하는 모습
그러다 또 만나 두 손 마주잡는 모습 해질 때 해 뜰 때 수줍
게 표정 바꾸는 산의 모습 들여다보듯 가끔은 가슴 가득 차
오르고 가끔은 저만치서 숨바꼭질 하듯 서로를 바라봤으면
사소한 것들이 모여 이루는 숲처럼 너와 나이기에 만들 수
있는 그런 그림 한 장

사람

마음에 뿌리 내려
꽃 한 송이 피워내는 일

아스팔트 사이로 파고든
민들레 홀씨

혹은 나무둥치에서
홀로 피어나는 꽃

입맞춤

헤매느라 다 닳아버린 뒤꿈치
제대로 땅을 딛지 못한 채
눈만 마주치며 지나온 길

깨금발로 걷다가
햇살 지나가는 길목에서
불쑥 마주한 얼굴

다시 꽃이 될까 노래가 될까
그렇게 스며들 곳 있을까

다 닳은 뒤꿈치여서
닿을 수 있었던
입맞춤

쳇바퀴

요리사가 되고 싶었어요
가수가 되고 싶었어요
미싱사가 되고 싶었어요
시인이 되고 싶었어요

늙은 태양 아래 낡은 집
가난을 들키기 싫어
하나뿐인 식당을 차리고
예쁜 커튼이 걸린 창가에 앉아
우리의 노래를 짓고 싶었어요

늙은 달 아래 낡은 집
고된 하루를 핥아주는 눈 먼 시간
어둠 사이를 유영하는 달빛에
반쯤 삼키다 내뱉는 숨소리
마른 땅에 풀이 돋아나고 꽃이 피어
넓은 들판이 되길 바랐어요

풀과 꽃이 다시 땅이 될 무렵
낡은 집은 더 낡아가고

틈새로 들어온 황소바람
비가 되어 우리를 물들이는 한 때

요리사는 가수는 미싱사는 시인은
다시 요리사를 가수를 미싱사를 시인을

9월이 오면

- 조태일 시인을 추모하며

서늘해진 손끝으로
여름의 옷자락 붙잡고 있는
구월이 오면
사랑하는 시인을 만나러
활자 사이를 헤맵니다

그래, 그래
영글지 못한 언어들도
그저 끄덕여주며 바라보시던
먼 별빛 닮은 눈동자

술잔 속에 노을이 켜켜이 담기던
취기 가득한 밤
얼른 들어가거라 하시던
짧은 당부의 말씀
그날 긴 외투 자락은 또 왜 그리
바람에 흔들렸는지요

보내지 못하는 인연은
계절을 잃어서 또

활자 사이를 느린 시선으로
서성입니다
쓸쓸한 9월이 오면

연인

목소리를 채우는 확신
손끝으로 전해지는 간절함
켜켜이 쌓여지는 시간
너와 나 무엇으로 이어져
무엇으로 증명할 수 있을까

흔들고
흔들리는 언약

마주한 두 눈 보이지 않고
목소리 귓가에 들리지 않고
내 곁에 네가 없고
네 곁에 내가 머물지 않는 곳
그곳에서 끝끝내
놓지 않아야 할 믿음이라는 건
어디 뿌리를 내리고 있는 걸까

어둠이 스며들 틈 없이 미소를 지으며
나란히 걸어가고 있다
마음으로 만든 창과 방패로
행복한 전쟁을 치르고 있다

연

무엇을 하는지
무엇을 원하는지
모르는 하루

어느 날
어느 순간
동공을 날카롭게 스치는 손톱달

두둥실 떠도는 구름 한 조각
홀로 피어난 망초
그렇게 마주하는

날 보러 와요

제 다리를 잘라내도
악물고 놓지 않는 게처럼
놓을 수 없었던 마음

주먹을 꽉 쥔 두 손은
땀으로 범벅이 되어
체온조차 전해지지 않았어요

뚜벅 뚜벅 걸어와
멀찌감치 멈춰 서더니
그렇게 주위를 맴돌던 그대
오랜 상처가 침묵의 옷을 지었어요

천천히 들여다보고
적당히 바람구멍 열어
잘린 다리에 햇살이 닿으면
꾸덕꾸덕 말라가는 생채기 위에
꽃 한 송이 피울 수 있을까요

미안합니다

고맙습니다

이제, 날 보러 와요

기도

네가 벗어놓고 나간
텅 비어있는 옷
남아있는 너의 지문을 따라가 보다가
옷 솔기에 스며드는 햇살 바라보다가
순간 마음 아득해져
스치는 하늬바람에게
무언의 당부를 전한다

낮게 울타리 친
작은 텃밭
꼭 닮은 순간이기를

옅은 미소 번지는
고슬고슬 찰진 저녁밥상
꼭 닮은 하루이기를

함께 올라서 있으면
시간의 물살 비껴가는
작은 디딤돌
꼭 닮은 계절이 되기를

그렇게 주춧돌이 놓인
마음 한 채가 되기를

겨울 신부

심장에 박힌 말뚝 뽑아내지 못하고
주위를 맴돈다
시린 바람
별의 은율이 흐르는 지금은
모두 떠나 결별하기 좋은
한 해의 끝

가장 추운 사랑을 드릴게
언 땅 위로 잎 하나 매달지 않은
가장 가난한 사랑을 드릴게
꽃의 기억 뜨겁던 햇살의 기억 아득한
가장 남루한 사랑을 드릴게
아프게 잎을 놓쳐버린 계절도 잊고
헐벗은 몸으로 마주할게
너의 햇살을 받고
깊은 입맞춤으로 땅을 적셔
너의 꽃을 피우고
무성하게 잎을 틔울게

빈 어깨 옥아들 때

꽃잎보다 고운 손길로 드레스를 지었네
너무 외로워
환하게 미소 짓는
겨울 눈꽃

약손

햇볕 속을 걸어왔는데
발목 붙잡던 그림자 자라듯
밤이면 돋아나는 흉터

베어 문 자리마다 갈색 멍드는 사과처럼
내가 베어 문 그대 시간 저릿하게 아파와

동공 깊은 곳에 감춰놓은
마음을 들켜버린 사람아

소곤대는 이야기 소리에
별들도 간지러워 반짝이고
함께 누운 이불 속으로는
그림자도 차마 스며들지 못하는데

건네지 못한 말 대신
꿈결로 들어가는 그대 등을
가만히 쓸어내린다

마음 깊은 곳에 집을 지은 사람아

꿈결도 밤을 잊은 한낮처럼 환하기를
이 손이 약손 되어
아린 상처에 웃음꽃 피어날 때까지
쓰다듬고 또 쓰다듬는다

사랑이 머물렀던 자리 혹은, '첫'과 마주선 직정直情의 언어

김석준(국문학 박사, 평론가)

삶의 의미가 불안 불안하게 표백되고 탄주된다. 사랑이란 무엇이고 어떤 삶을 살아가야 하는가? 시말과 마주선 시인의 삶이 선택된다. 물론 이때 시인이란 랭보처럼 지옥에서 한 철을 보낸 저주받은 운명의 시인이거나 사랑의 형식 전체를 타자성에 응고시킨 채 자신과 세계 사이의 거리를 절망의 언어로 그려내는 숙명의 사도쯤으로 여겨진다.

사랑이 머물렀던 강렬한 "찰나"(「해발 880」)의 순간을 떠올린다. 그리 안온하지 못했고, 슬픔과 불안이 점철된 고통의 나날들이었다. 아니 시인 김윤미에게 있어서 사랑과 그것의 구성물들은 자기를 성찰하는 직정의 시말들이었는데, 어쩌면 그것은 "금기의 자리"(「암시」)에 기입된 사랑의 슬픔인지도 모른다. "기억의 새장 속에 갇혀 사는 사람"(「취생몽사 – 영화 '동사서독'」)처럼 살았고, 또 "바람 매서운 시간"(「빗소리」), 즉 시련의 시간을 속절없이 보내야만 했다.

물론 지금은 "잃어버린 웃음소리"(「이후以後」)를 더듬으며 "텅 빈 관객석"(「커튼콜」)에 앉아 사랑의 타자가 오기를 기다리고 있겠지만, 사랑했던 그/녀가 되돌아와 달콤한 허밍을 주고받을 수 있겠는가? 사랑은 없다. 사랑의 나날들은 환멸의 나날들이었다. 따라서 이번에 상재한 김윤미 시인의 『바람 우표 서신』은 사랑의 자리에 머물렀던 상흔들, 즉 "네가 내게 왔던 계절"(「철 지난」)에 관한 일련의 서사를 시말화한 것으로, 이는 안온하게 "당신이라는 집"(「화분」)에 머물던 황홀한 순간들이 아니라 "창백한 눈동자"(「우두커니」)에 응고된 "착란의 시절"(「모놀로그」)이었다.

물론 시가 있어 그 절망과 고통의 지대를 힘들게 빠져나오기는 했지만, 따라서 시는 자연인 김윤미에게 지난한 "삶의 이정표"(「길」)가 색인된 존재의 언어이기도 하지만, 어찌 그것을 승화의 언어로만 고양시킬 수 있다고 단정지을 수 있겠는가?

시인은 있는 그대로 자기를 진솔하게 표백시킨다. 자연인 김윤미에게 있어서 시란 승화로 나아가기 직전의 자기 고백적인 직정의 언어일 뿐만 아니라, 자신의 모든 것이 투사된 삶의 실물이다. 때론 아버지의 "신음 섞인 숨결"(「죽도록」)을 더듬으며 가열한 삶에의 형식을 성찰하면서, 때론 "행복"과 "답습"(「현재진행형」) 사이에 매개된 인간학적인 문제를 심사숙고하면서, 김윤미 시인은 자신 앞에 놓인 사랑의 실물을 거침없는 직정의 언어로 진솔하게 토로하고 있다.

시인은 사랑에 속했던 의미의 날것들을 가쁜 호흡으로 토해낸다. 첫사랑의 상흔을 고스란히 투사시켜 자신에게 허락된 삶-시간-세계와 정면으로 마주선다. 그렇다면 '첫'에 응고된 사랑의 정체는 무엇이고, 또 첫사랑의 감정은 어떤 의미의 체제를 구축하고 있는가? 다시 말해서 김윤미 시인의 『바람 우표 서신』은 사랑에 관한 감정을 환멸과 절망의 언어로 육화시키고 있는데, 그것은 바로 시인 자신이 체험한 삶 그 자체가 갖고 있는 존재의 향기이리라.

쓰라리고 허무했고 늘 기다림의 연속이었다. 아니, 시인에게 사랑은 안온하고 달콤했다기보다 차라리 고통의 연속이라 해도 과언이 아니다. 왜 그런가? 왜 시인은 자신에게 속했던 사랑의 언어를 쓰라린 그 무엇으로 지목하며 사랑의 대상에게 가닿기 열망하는 모순의 감정에 휩싸이는가? 도대체 저 마물 같은 사랑이라는 감정은 어떤 의미의 체계를 간직한 숙명의 태도여야 하는가?

오늘도 시인은 사랑이 머물렀던 자리를 반추하면서 직정의 언어를 거침없이 토로하고 있다. 광대처럼 "외줄 위에서 곡예"(「다현茶顯」)를 하듯이 사랑과 그것의 구성물들을 바라다보지만, 역시 "갈망과 고통"(「그럼에도 불구하고」) 사이에서 배회하다 절망과 친숙해지는 환멸의 상태에 도달함을 직감하게 된다. 왜 그런가? 왜 『바람 우표 서신』은 사랑의 구성물 전체를 장밋빛으로 그려내지 않고, "붉은 피"(「귀향」)로 물들이며 통한의 눈물을 흘리는가?

원한 감정이 스민 사랑의 구성물들을 삶으로부터 끊어내야만 한다. 자연인 김윤미에게, 당신에게로 향하는 사랑은 트라우마가 각인된 상처의 자리이자, "다 하지 못했던 말들"(「다시, 詩」)의 잔여가 색인된 울혈의 공간이다. 따라서 시인에게 첫 번째 작품집에 해당하는 『바람 우표 서신』은 자기에게서 출발해 당신에게로 이르다, 진정한 자기가 어떠해야 하는지를 발견하게 되는 자기 고백의 진솔한 전언이다. 때론 불면의 나날들을 보낸 스스로를 위무하면서, 때론 자기감정에 충실한 언어들과 격정적으로 조우하면서, 시인은 '첫'의 애절하고 숭고한 감정을 차근차근 정화 승화시켜가고 있다. 자기에게 충실한 감정의 언어와 대면하며, 자기에게 봉헌하는 문자의 제의를 펼쳐내고 있다.

모래언덕에서 당신에게 편지를 씁니다. 왜 이토록 먼 길을 왔는지 모르겠습니다.
없는 길과 난달을 반복하며 고비를 향해 나아갑니다. 그리고 당신이어야 하는 이유를 곱씹고 또 곱씹어봅니다. ─「몽골 고비에서」 일부

내 곁에 한 번도 머문 적 없으나
내 곁을 한 번도 떠난 적 없는 당신 ─「이명」 일부

고요를 잊어버린 짜디짠 그리움

파랑 멎지 않고
포말 일으키네 – 「내 안의 바다」 일부

한 시절의 통증은
또 다른 시절의 통증으로 이월되고
안타까운 당부처럼
날개가 없는 나는 자유롭지 않다 – 「통증의 습관」 일부

몇 날 며칠 토해내듯 목 놓아 울어야
당신을 보낼 수 있을까 – 「마음 몸살」 일부

사랑의 의미를 되묻는다. 어떻게 생에 속한 사랑의 "고비"를 넘겨야 하는가? 통과 제의 혹은 시련의 아픔, 내 하나의 사랑이었던 그 사람이 어디론가 사라졌다. 그립다. 깊이 색인된 사랑의 아픔이 "통증의 습관"처럼 밀려온다. 어떻게 살아야 하나? 『바람 우표 서신』이 전하는 전언 도처에 이루 말할 수 없는 고통의 흔적을 사랑의 이름으로 색인하고 있는데, 어쩌면 그것이 '첫'에 응고된 시말의 정체일지도 모른다.

애절하게 당신과 당신에게 속했던 모든 것들을 "몽골 고비" 사막 어디쯤에서 성찰해본다. 대저 사랑이란 어떤 의미의 공식을 만족시키는 인간학적 제의인가? 아프고 쓰라렸지만, 그래도 참을 만은 한 것인지, 대저 시인에게 사랑은 무엇이건데 이다

지도 "눈물"로 점철된 "그리움의 목도"이기를 염원하는가?

사랑을 사랑했었다. 그리고 사랑과 그것의 구성물이 삶의 절대적인 의미라고 생각했다. 말하자면 김윤미 시인의 첫 작품집인 『바람 우표 서신』은 사랑의 현주소를 점검하여 낱낱이 드러내 보여주고 있는데, 그것이 바로 "찬란한" "삶의 고비"에서 깨달은 사랑의 진실일지 모른다.

그러나 사랑 여기저기에 "당신의 통곡"이 "이명"이 되어 "비명"을 지르고 있다. 아니 보다 정확하게 말해서 이별의 "일방적인 통보"는 전혀 예기치 않게 다가와 사랑에 속한 모든 것들을 환멸의 공식으로 대입하게 되는데, 이는 사랑이 처한 삶의 현주소이자, 모든 사랑이 귀결하는 존재의 자리이다.

"그리움의 언저리" 혹은 사랑이 머물렀던 자리. 이젠 "내 안의 바다"에 머물렀던 그리움의 흔적이 무엇인지 알 것도 같다. 그대와의 사랑이 아름다운 "추억으로 결정結晶"되지 못했던 그 이유를 알만도 하다. 물론 여전히 "증발되지 못한 뜨거운 기억"으로 인해 "시시각각 눈물점"이 차올라 슬픔의 심연에 당도하기도 하지만, 어찌 사랑에 속했던 모든 것들을 승화시키지 않을 수 있겠는가?

아직도 여전히 "한 시절의 통증"이 남아 습관처럼 고통의 지대에 머물고 있지만, 따라서 사랑이라는 이름으로 가해진 저 "영혼의 풍경"이 점점 "체념"에 익숙해지는 것 또한 사실이지만, 김윤미 시인에게 사랑과 그것에 속했던 모든 것들은 반드시 집고 넘어가야 할 숙명의 과제라 하겠다.

왜냐하면 이번에 상재한 『바람 우표 서신』 전체가 사랑이 빚어놓은 환희와 절망 사이의 거리를 주체화하는 곳에서 생성된 존재 그 자체의 언어이기 때문이다. 따라서 "통증의 소리"에 귀를 기울이며 "마음 몸살"을 앓았던 그 지대에 "기억의 굳은 살"을 만들어 진물이 흐르지 않게 만들어야만 한다.

"목 놓아" 가슴의 심연에 있던 속울음을 토해낸다. 물론 그것을 통해서 사랑이 머물렀던 상흔의 자리가 완벽하게 아무는 것은 아니겠지만, 시인에게 시를 쓰는 행위는 "정념"(「열꽃 두드러기」)의 불꽃이 만든 화기를 다스리는 행위이자, 생의 "민낯"(「휴일 오후」)을 정면으로 바라보는 행위이기도 하다. 그러나 여전히 아프다. "독기품은 시간의 칼날"에 베인 상처가 너무 깊어 쉽게 사랑의 상처가 치유될 것 같지 않다. 아니 역으로 시인은 사랑이 머물렀던 자리를 헤집어 몽골 고원의 어디쯤에서 되짚어보고 있는데, 어쩌면 그것은 당연한 과정이라 하겠다.

사랑은 "감기"다. 사랑은 누구나 한번쯤은 반드시 겪어야 하는 홍역처럼 통과의례의 과정을 준비하고 있는데, 그것이 바로 시 「마음 몸살」에 육화된 의미의 정체이다. 마치 다 "소화"시키지 못한 팰릿pallet처럼 사랑이라는 잉여가 만들어낸 잔류물을 게워내어 마음 깊숙이 자리한 "상투적인 통증"을 지워내야 하는 것은 너무나도 당연하다. 따라서 여전히 오장육부가 뒤집히고 고통의 지대에 머물러 "마음 몸살"의 정체가 무엇인지 심문

하는 것은 시인이 겪어야만 하는 삶의 과정의 일부이다.

　지금 그가 떠나고 없다. 어떻게 살아가야 하나? 여전히 그가 그립고 보고 싶다. 그러나 그것 역시 "끝내 탈"이 나 젖몸살 앓듯 고통의 지대에 머물러 사랑의 "추억"을 상처로 기억하게 될 것이다.

　사랑한 기억은 있는데
　이별한 기억 없다
　이별한 기억 없으니
　아직 사랑하고 있는 건지
　그저 이별이 달아난 것인지

　미련은 꼬리를 길게 드리우고 밤마다
　네가 있던 자리를 더듬거리며 헤매고 있는데
　빈자리에 남아있는 체취가
　너의 것인지
　나의 것인지

　눈동자에 감춰져 있던 비겁한 두려움
　시시한 이별
　꼭꼭 숨어라
　머리카락 보일라 －「부재중」 전문

사랑의 기억을 더듬는다. 더불어 한때 강렬했던 사랑이라는 감정의 정체가 무엇인지 생각해본다. 물론 현재 그/녀들은 "시시한 이별"을 한 상태이겠지만, 한 때 뜨겁게 달구었던 그러나 지금은 그저 "미련"만 남은 사랑의 현주소를 점검하는 것은 시인에게 있어서 일생일대의 과업이라 하겠다. 다시 말해서 자연인 김윤미에게 사랑이 머물렀던 자리는 반드시 경유해야만 하는 통과제의의 한 과정으로 이는 그가 시인이 될 수 있었던 근본적인 이유이기도 하다.

『바람 우표 서신』은 상처로 일렁이는 상흔의 지대에 시인의 지난한 사랑을 놓아두고 있다. 따라서 시인이 전개한 일련의 시말운동이 "부재"한 사랑의 대상에게 가닿고 싶은 욕망을 숨김없이 드러내 보여주고 있지만, 이는 도달 가능하지 않은 사랑의 형식이자 시인이 끊어내야 할 필생의 과제일지도 모른다. 왜냐하면 시인에게 사랑은 생의 유미적 승화가 불가능한 곳에서 생성된 증오의 형식일지도 모르기 때문이다.

특히 시 「부재중」은 사랑과 이별 사이를 "기억"이라는 특수한 시적 장치를 통해 조망하고 있는데, 이는 트라우마가 색인된 환멸의 공간 그 이상도 이하도 아닌 바로 그 자리이다. 설령 그가 "마음 깊은 곳에 집을 지은 사람"(「약손」)처럼 굳건하게 사랑의 심연에 자리하고 있어서 끊어내기 어려운 존재인 것 또한 사실이지만, 따라서 여전히 "미련"이 아직 남아 불면의 밤을 보내는 날들이 없지 않아 있지만, 이 역시 "비겁한 두려움"

의 "체취"가 남긴 "이별"의 상처일 뿐, 더는 너와 나 사이에 남아있는 그 무엇은 없다.

그가 떠난 사랑의 "빈자리"를 묵연히 바라다본다. 회한과 미련의 시선으로 "네가 있던 자리"에 머물러 사랑의 흔적들을 기억으로 재구성해 보지만, 그 역시 부질없는 짓이다. 왜냐하면 사랑했던 그대는 이미 떠났으므로 "부재중"을 확인하며 "밤마다" 불면의 시간을 견디고 있기 때문이다.

그러나 이제는 "시시한 이별"을 남긴 사랑의 정체가 무엇인지 알 것도 같다. 그래서 시인은 아련한 추억에 잠긴 채 사랑과 그것의 구성물을 마음속에서 비워내고 있다. 지금은 아무것도 남아있지 않다. 부재중이다. 사랑은 없다. 더 이상 사랑을 믿지 않기로 했다.

내일로 가는 길목에
매복된 두려움
지난 시간 후회와 상처
머뭇거림이 만든 잔재
그리우면 그리워하고
아프면 아픈 대로
내버려둘 것
기억을 잃은 듯 치열하게
활짝 핀 그날만 기억할 것 -「최면」 전문

사랑의 과거와 현재를 무의식의 공간으로 되돌려 보내야 한다. 주술을 걸 듯 "최면"을 걸어 사랑에 속했던 모든 것들을 무의식의 저장고에 넣어, "기억"을 투명하게 표백하고 싶다. 다시 말해서 시 「최면」은 사랑의 아픔을 스스로 극복 치유해 가는 과정을 아주 짧게 소묘한 작품인데, 이는 자연인 김윤미가 시인 김윤미가 되어가는 과정에서 깨달은 극적인 체험이다.

마치 '첫'에 응고된 직정의 감정을 승화의 언어로 고양시키는 곳에 온전한 시말이 고스란히 기입되어 있듯이, 시인은 사랑의 상처를 "내일로 가는 길목"에 묻어둔 채, "기억"의 구성법을 새로운 방식으로 재편하여 "활짝 핀 그날만을 기억"하게 된다.

물론 여전히 "마음의 아랫목"(「동백」)에 "슬픈 원망"(「안부」)의 "잔재"가 남아 있어 "지난 시간 후회와 상처"가 없지 않아 있는 것이 분명하지만, 이 또한 점점 사그라들어 삶의 시간에 "매복된 두려움"이 그리 공포스럽지 않다는 사실을 직감하게 된다. 아니, 역으로 점점 편안해져 "그리우면 그리워하고/아프면 아픈 대로" 그냥 내버려둔 채 생의 의미를 관조할 수 있는 여유가 생긴 것도 같다.

아버지가 그립다. 사랑하는 아버지의 품에 안겨 펑펑 울며 사랑과 그것에 속했던 모든 것들을 내일 아래 묻어둔 채 인간학적 진실을 승화의 경지로 고양시키고 싶다. "그 모든 것이 이루는 산처럼 우리 모습도 그러했으면"(「풍경화」) 정말 좋겠다.

몸에 쌓인 그 많은 시간들은

어디로 향하는 걸까

사람의 몸에도 계절이 머무는 걸까

겨울을 목전에 둔 나무처럼

앙상해져가는 아버지 –「다시 태어나는 시간」일부

누워 있는 창 너머에서

사이렌이 또 울린다

생에 딱 한번 요란하게 홀린 아버지

미동도 않고 거친 숨 몰아쉬고 있다 –「사이렌siren」일부

 "아버지 마지막 숨결"(「멈춰진 시계는 다시」)이, 가쁜 호흡을
내쉬고 있다. "적멸"의 세계에 당도하려는 아버지의 모습이 눈
앞에 선연하다. 사랑의 기쁨을 알기도 전에 슬픔이 먼저 찾아
와 생에 속한 모든 것들을 고통으로 기록하게 된다. 특히 김윤
미 시인의 "아버지"에 대한 기억은 사랑의 심연에 기입된 "아
픈 계절"의 추억인데, 어쩌면 그것은 『바람 우표 서신』을 견인
하는 내적 동력인지도 모른다. 다시 말해서 시인이 다시 태어
나기 위해 준비한 시간은 아버지의 지난했던 삶–시간–세계를
시말로 발화시키는 순간에 빚어지는 친숙한 풍경이자, 자기 연
민의 사랑과 극적으로 화해하는 승화의 순간인지도 모른다.
 아버지의 힘들었던 삶을 내밀하게 들여다본다. 담담하다. 물

론 아버지와 함께 했던 따스했던 기억보다 "긴 침묵의 계절"이 먼저 떠오르지만, 따라서 "병상에 계신 아버지"는 점점 더 "앙상해져가는 아버지"로만 추억하게 되지만, 이는 인륜성이 시작되는 사랑의 역설적인 징후이다. 이를테면 병석에 계신 아버지에 대한 아련한 기억들은 현재 시인이 처한 위치와 그렇게 다르지 않는데, 어쩌면 그것은 인간학적 숙명을 성찰하는 시인만의 고유한 체험일지도 모른다.

아버지에게 속했던 모든 시간이 신생의 시간으로 되돌아가 다시 태어나는 부활의 시간이기를 염원해본다. 그것은 "누군가의 기억"이라는 방식으로 회귀하는 순간이다. 그리고 아버지와 딸 사이에 므네모시네라는 교량을 통해 레테 너머로 사랑의 공식을 확산시키고 있다. 어찌 그것이 인류의 시작인 부자자효父慈子孝가 아니겠는가? 그립고 안타깝게 보고 싶을 뿐만 아니라, 아버지가 아프다고 외치던 모습이 환영처럼 떠오른다.

시인은 "기억의 집" 어딘가에, 혹은 아버지와 부녀지정을 나누었던 추억의 공간 속에 현재 자신의 삶 – 시간 – 세계를 투사시킨다. 다시 태어나고 싶다. 저 환멸에 가까운 사랑으로부터 집착을 끊어내고 새로운 인간형으로 거듭 태어나고 싶다. 때론 "조실부모"한 지난한 삶을 살아야 했던 아버지의 시간들을 위무하면서, 때론 "거친 숨 몰아쉬"며 "응급차"에 실려 가는 광경을 떠올리면서, 김윤미 시인은 자신에게 허여된 시간의 의미를 성찰하고 있다.

'아버지! 더 이상 사랑이라는 이름의 과거에 얽매인 채 오늘의 시간을 허비하지 않겠습니다. 이제 사랑이라는 구속으로부터 벗어나 나를 위한 미래의 시간을 살아가겠습니다.' 그래서 더 나아가 "기억의 집" 전체를 "햇살" 따스한 안온한 공간으로 만들어 더 나은 삶을 살아갈 수 있도록 노력하고자 한다. 마치 아버지의 이름으로 부르는 노래가 "따뜻한 집"을 만들기 위해 노력하신 아버지의 삶을 봉헌된 애가이듯이, 김윤미 시인은 아버지의 서사를 시말에 응고시켜 애절하게 노래하고 있다.

오장육부 바람 들지 않은 곳 없어
바다를 건넜지요
거리를 두어야 비로소 보이는 것들
목을 젖히고 바라보던 구름
눈감고 입 맞추던 연인
해질녘 높은 곳에서 내려다본
하나 둘 불이 켜지던 작은 마을

바다 건너 수만 리 달아나면
내가 보이지 않을까요

나약한 꿈을 꾸었습니다
미처 알지 못했습니다

가까이 마주해야 예쁜 것들
적당히 거리 밖에서 바라봐야 영원한 것들

허공에 안부를 묻는 날들이 늘어납니다
삶의 중력을 버티고 있는 동안에는
잡히지 않는 바람 한 줌처럼
돌아올 대답 또한 먹먹하겠지요

예감만 당도할 뿐 보이지 않으니
오늘도 구름에게 바람 우표 붙여 안부 전합니다
'잘 지내고 있나요?' – 「바람 우표 서신」 전문

　"하루치의 위안"(「가을 오름」)을 얻기 위해 노력했지만, 늘 돌아오는 것은 "폭풍우"가 몰아치는 "처연한 공포"(「꿈, 혹은」)의 하루였고, 또 "시간의 물살"(「기도」)을 "오랜 상처"(「날 보러 와요」)로 가득 채우는 경우가 비일비재했었다. 까닭은 사랑의 심연을 "추운 사랑"과 "가난한 사랑"(「겨울 신부」)으로 채워 너무 그대에게 집착했기 때문이었을 게다.

　사랑과 그것의 구성물이 펼쳐내는 것들에 대해 초연했어야 했다. 아니 김윤미 시인은 시 「바람 우표 서신」을 통해서 자신에게 귀속된 모든 것들과 "거리" 두기를 실천하는데, 어쩌면 그것은 자신을 포획했던 사랑의 굴레로부터 헤어나올 수 있는

궁극적인 계기로 작용하고 있는지도 모른다.

너무 집착했고, 또 사랑을 삶의 전부라고 생각했었다. 물론 그러한 사랑에의 열망이 결정적인 과오를 초래했으리라고는 생각하지 않았다. 아니 역으로 사랑이 삶을 풍요롭고 행복하게 만들 것이라고 확신했었다. 그러나 사랑이 삶의 전부이기는 하지만, 그래도 거리를 둔 채 온전한 자기를 찾았어야 했다. 그리고 사랑 대상과의 이별을 전전긍긍하지 않았어야 했다. 후회와 미련만이 몰려온다. 초연하지 못했고, 늘 그 사랑으로 인해 "오장육부"에 "바람"이 드는 허탈한 나날들이었다.

왜 그런가? 왜 시인은 "나약한 꿈"을 꾸며 자신의 모든 것을 스스로 은폐시킨 채 탈주를 욕망하는가? 거리두기 혹은 사랑의 진실에 이르는 참된 길, 이제야 비로소 사랑과 그것의 구성물이 어떤 인간학적 진실을 포획하고 있는지 알 것도 같다. 이제 더 이상 사랑에 연연해하지 않고 초연해질 수도 있겠다. 더는 사랑과 그것의 구성물에 의존한 채 사랑의 타자에게 질질 끌려다니지 않겠지 싶다.

물론 "가까이 마주해야 예쁜 것들"도 있기는 하지만, 가까이 무릎 맞대고 살가운 정을 나누는 것이 사랑의 표현법을 성취하는 완벽한 공식이라 느껴지기는 하지만, 김윤미 시인은 이제 적당히 거리 밖에 서서 사랑과 그것의 구성물들을 "영원"의 형식으로 고양시키기에 이른다.

설령 그 승화라는 것도 따지고 보면 사랑의 아픔이 만들어낸 슬픔의 또 다른 편린이지만, 시인은 "구름에게 바람 우표"
를 붙여 무사 안녕하기를 염원하는 "안부" 인사를 건넨다. 점
점 눈에 보이지 않았던 사랑의 실체를 볼 수 있게 되어 참나와
만나게 된다.

무엇을 하는지
무엇을 원하는지
모르는 하루 – 「연」 일부

어둠이 갉아먹은 손톱달 아래
당신을 읽는다
당신이 내 곁에 없는 동안
내가 당신을 읽는 방법은
짐작되는 일상의 고단함을
시간의 바늘로 정성껏 깁는 일 – 「당신을 읽는 시간」 일부

함께 할 때 고통은
무기력한 자해였으나
혼자일 때 고통은
그저 고독
차라리 평화 – 「어떤 평화」 일부

강렬했지만 "짧은 입맞춤"(「천국에서의 한 때」)에 황홀했던 "외줄 일상"(「숙제」)의 어디쯤에서 기억을 멈춘다. 그러곤 잠시 "무심히 피어있는 작은 들꽃"(「목발」)들을 바라다보며 하루의 의미에 침잠해본다. 이제까지 나는 무엇을 위한 삶이었고, 또 어떤 삶의 주체이기를 원했는가? 잘 모르겠다. 그저 "흔들리는 언약"과 "행복한 전쟁"(「연인」) 사이를 배회하다가 사랑의 형식을 환멸로 자각했다. "대상이 없는 분노"(「불면」)가 이글이글 타올라 불면의 밤을 보내야했고, "잉여의 시간"(「처서」)을 "절절한 발걸음"(「달팽이」)으로 가야만 했었다. 그러나 이젠 사랑이 만들어낸 고통 속에서도 "당신을 읽는 방법"을 터득해 작은 "평화"에 이를 수 있는 지혜가 생긴 것 같다.

"적당한 거리"두기 혹은 "고독" 속에 체득한 참된 평화. 하루를 어떠한 방식으로 채워갈 때 잘 살아낸 삶인지 여전히 모른다. 그러나 사랑 대상과의 적절한 거리두기를 통해 "일상의 고단함"을 치유할 수 있게 되었을 뿐만 아니라, 이제까지 갈등으로만 치달았단 균열의 시간을 봉합할 수 있는 방법을 터득한 것 같다. 무엇을 원하는지도 모르던 일상을 전혀 다른 의미의 체계로 탈바꿈시켜 "호방한 웃음소리"(「괜찮다」)를 내며 괜찮다를 연발하며 "시인"(「챗바퀴」)의 삶을 살아갈 수 있는 용기가 생긴 것이다.

설령 "영글지 못한 언어"(「9월이 오면─조태일 시인을 추모하며」)를 토해내며 아직 울분에 휩싸이는 경우가 없지 않지만,

이젠 "생의 나이테"(「하루의 끝」)를 촘촘하게 채워 직설적으로 감정을 토로하던 허무한 나날들을 되풀이 하지 않을 뿐만 아니라, 집착에서 놓여나 삶-시간-세계를 평화로운 마음으로 응시할 수 있게 되었다.

어쩌면 시를 쓴다는 것은 "시간의 바늘"로 무력하게 허비했던 사랑의 일상들을 다시 "정성껏 깁는 일"일지도 모른다. 왜냐하면 자연인 김윤미에게 시는 자기반성이 일어나는 존재의 장소이기 때문이다. 때론 "어둠의 한 켠"에 머물렀던 당신과의 시간을 "무기력한 자해"로 간주하면서, 때론 "소서" "절기" 무렵에 찾아온 고독 속의 평화를 짧게나마 향유하면서, 시인은 자신에게 속했던 모든 것들을 정성스럽게 다시 시간의 씨줄과 날줄로 직조해가고 있다. "한 땀 한 땀" 정성껏 기워 더 나은 삶을 살아가기를 기원하고 있는 것이다.

겨울 산으로 가서
빈 가지 이름을 하나씩
불러보는 것

지나간 푸름
사라져버린 잎들
꽃의 기억을 다시
뿌리 깊은 곳에 묻어 두는 것

제 살 찢어
싹 하나 틔우는 것
또 기억을 만드는 것 – 「살다」 전문

"겨울 산"으로 가자. 가서 생이 어떤 의미로 구조를 이루고 있는지 스스로에게 되물어보자. "무지개"(「뒤늦은」)를 꿈꾸었으나 슬픔이고, 사랑의 희망을 열망했지만, 그것이 분노와 환멸의 나날들이었음을 뒤늦게 깨닫는다. 시 「살다」는 금번 상재한 『바람 우표 서신』을 대표하는 소중한 작품인데, 그것은 바로 사랑이 만든 고통으로부터 벗어나 삶을 의욕 하는 시인의 태도가 정직하게 표백되어 있기 때문이다. 이제까지 벌어진 모든 일을 담담하게 받아들인 채 그저 앞으로 살아갈 일에 집중하며 또 다른 "기억을 만드는 것"이 보다 중요한 삶의 과제이다.

시인이 묘파한 일련의 서사적 시간이 '첫'에 응결된 직정의 언어들을 진솔하게 표백하고 있지만, 이는 삶을 새로운 방식으로 구축할 때 선결해야만 하는 과제이자, 반드시 짚고 넘어가야 하는 성찰의 대상이다. 그땐 너무도 미숙했고, 또 사랑이 절대적인 그 무엇인지로만 알았다.

"지나간 푸름"을 둘러보고 "빈 가지 이름"을 하나하나 부르며 지나간 시간의 흔적들을 되새김질 해본다. 더 이상 아프지 않다. 더는 사랑과 그것의 구성물에 연연해하지 않고, 다시 좋은 "꽃의 기억"을 의식의 심연에 묻어 둘 수 있겠다.

어쩌면 『바람 우표 서신』에 표백된 자기 고백의 격렬한 전언들은 새로운 삶을 열망하는 시인의 내면풍경이 투사된 것인지도 모른다. 설령 그 모든 시말들이 격정에 휩싸인 감정적 징후들 표백한 것이지만, 그것이 온전한 자기를 찾아가는 과정에서 깨달은 진실의 언어가 아니라고 어찌 단언할 수 있겠는가? "제살" 찢긴 상처의 자리를 묵연히 바라다본다. 새 "싹"이 돋듯 사랑이 만든 환부에 새 살이 돋아났다.

시 「살다」에 표백된 의식이 소중한 것은, 자연인 김윤미가 보다 나은 시인으로 성장해갈 수 있는 토대를 이 시를 통해 구축하고 있기 때문이다. 다시 말해서 네 번에 걸쳐 언명한 "-것", 즉 "이름"을 부르고 "꽃의 기억"을 묻어 두고, "싹"을 틔우다 끝내는 "기억을 만드는 것" 등등의 행위들은 승화가 일어나는 존재의 장소이자, 시인 특유의 시말이 생성되는 의식의 장소이기 때문이다.

마음에 뿌리 내려
꽃 한 송이 피워내는 일

아스팔트 사이로 파고든
민들레 홀씨

혹은 나무둥치에서

홀로 피어나는 꽃 - 「사람」 전문

결국 모든 일은 "사람"의 관계가 만든 일이었다. "생의 마지막 선택권"(「꿩 한 마리」)이 주어진다면 이제 모든 것을 사랑에 의탁할 것이 아니라, 진정한 사람을 만나는 것이리라. 더불어 자신에게 그었던 "경계"(「소리 없는 시-겨울 산중에서」)를 지워 "마음"의 깊이를 키워가는 것이 시인으로서 해야 할 일임을 깨닫게 되었다. 특히 시 「사람」은 "꽃 한 송이 피워내는 일"을 사람이 해야 할 당연한 일이라고 생각하면서, 이제까지 생각했던 통념을 전복하게 되는데, 어쩌면 그것은 자연인 김윤미가 시인 김윤미로 거듭 태어나 나아가는 과정에서 깨달은 삶의 진실이리라. 따라서 '첫'에 응고된 감정적 징후가 서서히 사그라지며 세계를 긍정적으로 바라보고 사람에게 속했던 그 모든 것들을 유미적으로 승화시키기에 이른다.

그리고 무량한 마음으로 "민들레 홀씨"를 바라본다. 그것도 척박한 "아스팔트" 사이에 뿌리를 내리기 위해 자리 잡은 민들레 홀씨를 신기한 듯이 바라다본다. 차라리 그것은 신비한 생명의 경이로운 광경이었다. 모든 것은 마음먹기에 달려있다. 따라서 사랑에 속했던 사람의 일도 결국 사랑 대상에게 집착할 것이 아니라, 홀로 꽃을 피워내는 마음처럼 그렇게 묵연히 바라다볼 수 있는 마음의 여유를 간직했어야 했다. 따라서 김윤미 시인의 첫 번째 작품집인 『바람 우표 서신』은 사람의 일을 마음의 길로 인도하는 존재론적 승화의 과정이자, '첫'에 응고되었던 강렬한 감정적 징후를 표백 고양시켜 참 나에 이르는 깨달음의 과정이라 하겠다.

향내 짙은 꽃망울
폭죽으로 터지는 계절

꽃보다 붉은
피눈물 선연해

거친 돌 숭숭 뚫린 구멍마다
바람 대신
낮은 울음 드나들고

잊지 않았노라 며
먹먹한 마음 안고
잃어버린 마을 찾아 나선다

눈머는 줄 모르고 바라보는
바다 윤슬
무거운 마음 툭툭 털어주는 바람

헌화인 듯 향화인 듯

온 섬이 제의 올리고 있다 ─「4월, 제주」 전문

　T·S 엘리어트가 「황무지」에서 사월은 잔인한 달이라고 명명
했다면, 김윤미는 그 사월을 인식론적 전환이 이루어지는 극적
인 계기로 삼아 "꽃과 섬"의 "제의"를 올리며 자기 정화에 이르
고 있다. "윤슬", 즉 햇빛에 반짝이며 잔물결이 이는 바다를 멍
하니 바라다본다. 아니 달빛이 비추는 광경이면 자기 자신과
대면하기에 더 좋은 광경일지도 모른다. 눈에는 소리 없이 눈
물이 흘렀으리라. 자기 연민에 빠진 채 "낮은 울음"을 울며 빛
바랜 추억에 잠긴다. 왜 나는 여기 이 순간에 이르렀는가? 마
음의 심연에 아직 남아있을지도 모르는 회한의 "피눈물"을 흘
려보내며 4월 제주의 "향내 짙은 꽃망울"을 흠향하며 봄을 완
상하고 있다.

　그대 시인이여! 아직도 아픈가? 그렇게 아프다고는 말할 수
없지만, 아직도 "먹먹한 마음"이 조금 남아 있어 허전한 마음
이 들기는 한다. 망각의 문을 연다. 아니 역으로 기억의 심연
에 기입된 고통의 순간들을 사랑했던 감정과 나란히 병치시켜
그 때 그 시절 연인의 초상을 섬세하게 매만진다. 무엇이 보이
는가? 환멸의 고통인가? 사랑의 환희인가? 어쩌면 사랑은 보
는 관점에 따라 환멸이기도 하고 환희일 수도 있다.

　시 「4월, 제주」가 의미심장한 것은 이제 막 고통 속에서 벗

어나 아름다운 제주의 봄 풍경을 유미적으로 완상하며 또 다른 삶으로 변이시켜갈 수 있는 계기가 총체적으로 예정되어 있기 때문이다. 다시 말해서 "헌화인 듯 향화인 듯 올리는 "섬"의 "제의"를 통해 김윤미 시인은 마음속에 있던 짐을 훌훌 털어버리고 또 다른 사람을 사랑하게 되었을 게다. 바람이 분다. 또 다른 삶을 살아야겠다. "무거운 마음 툭툭 털어주는 바람"이 불어와 시인의 겨드랑이에서 날개가 돋아 새로운 사랑에게로 다가가고 있는 중이다.

설령 그것이 고통을 승화시키는 과정에서 깨달은 "제의"이지만, 따라서 시인이 전개한 일련의 시말운동이 사랑과 그것의 구성법에 의해 고착된 것 또한 사실이지만, 이는 시인에게 필생의 과제로 예정된 숙명의 전언이라 하겠다. 내일의 태양이 다시 떠올라도 사람에게서 희망을 찾고 사랑해야겠다. 어쩌면 김윤미 시인의 『바람 우표 서신』은 또 다른 사랑을 준비하는 과정에서 깨달은 미지의 기호들을 직정의 언어로 육화시킨 '첫'의 강렬한 느낌들일지도 모른다. 다시 사랑이 찾아오기를 기다린다. 그리고 겸허히 그 사랑을 사랑하며 행복해지기를 꿈꾼다. 이제 사랑은 고통을 양산하는 아픔이 아니라, 더 나은 삶을 구축하는 희망의 전언이기를 소망해본다.

국립중앙도서관 출판예정도서목록(CIP)

바람 우표 서신 : 김윤미 시집 / 지은이: 김윤미. ㅡ 광주 :
우리글, 2018
   p. ; cm. ㅡ (우리글 시선 ; 096)

제주문화예술재단 창작지원금을 받아 출판되었음
ISBN 978-89-6426-089-0 03810 : ₩9500

한국 현대시 [韓國現代詩]

811.7-KDC6
895.715-DDC23   CIP2018036768

바람 우표 서신

1판 1쇄 인쇄 2018년 11월 15일
1판 1쇄 발행 2018년 11월 20일

지은이   김윤미
발행인   김소양
편 집   권효선
마케팅   이희만

발행처 ㈜우리글
출판등록번호 제321-2010-000113호
출판등록일자 1998년 06월 03일

주소 경기도 광주시 도척면 도척로 1071
마케팅팀 02-566-3410 **편집팀** 031-797-3206 **팩스** 02-6499-1263
홈페이지 www.wrigle.com